Wolfgang Bächler · Türen aus Rauch

Die LYRIKEDITION 2000 wird herausgegeben von
Heinz Ludwig Arnold

Wolfgang Bächler

Türen aus Rauch

Gedichte

LYRIKEDITION 2000

Dieses Buch erschien erstmals 1963 im Insel Verlag, Frankfurt am Main.

Die LYRIKEDITION 2000 ist ein Demand Verlag der Buch & medi@ GmbH, München. Dieser Verlag publiziert ausschließlich Books on Demand in Zusammenarbeit mit dem Hamburger Buchgrossisten Libri. Die Bücher werden elektronisch gespeichert und auf Bestellung gedruckt, deshalb sind sie nie vergriffen. Books on Demand sind über den klassischen Buchhandel und Internet-Buchhandlungen zu beziehen.

Weitere Informationen über den Verlag und sein Programm unter:
www.buchmedia.de

Oktober 2000
LYRIKEDITION 2000
Ein Demand Verlag der Buch & medi@ GmbH, München
Ausgabe mit freundlicher Genehmigung des S. Fischer Verlages,
Frankfurt am Main
Umschlaggestaltung: Bauer+Möhring, Berlin
Herstellung: Libri Books on Demand
Printed in Germany · ISBN 3-935284-03-9

I Verlassenes Paradies

Türen aus Rauch

I

Die gelben Mauern des Sommers ergrauten.
Türen aus Rauch gingen auf
in den Traum von Ernten,
die ich nicht einbringen konnte,
die faulten, bevor sie reiften.
Türen aus Rauch fielen zu,
gingen auf in den Wald,
lösten sich auf in den Kuppeln.
Doch sah ich kein Feuer.

Ich witterte nur
die Nähe des Herbstes,
seine Fährte, die Farben,
die Spuren des Wilds.

Ich hörte die Hunde,
ich hörte die Schüsse.
Der Schrei eines Vogels
besiegte den Raum
zwischen Sonne und Rauch.
Nur das Echo fiel
auf die Erde herab
durch die helleren Netze
ins dunklere Garn.
Doch ich sah keinen Jäger.

Ich sah die Fasanen:
sie trugen den Traum
unverletzt
durch die Garben des Lichtes
über die Säulen, die Kronen,
den Wald, auf andere Äcker
jenseits des Stromes.

II

Die Mägde hoben die Köpfe nicht.
Ich sah nur gebeugte Rücken
und Beine, vertieft
in die Furchen der Felder,
und Lasten, in denen die Süße
der Erde gesammelt lag
unter Krusten von Schmutz.
Ich sah die Gesichter
der Mägde nicht.

Ich sah nur die Zuckerrüben
und fand nur die Scherben
von Teller und Krug
und eine verrostete Sense
im Graben zwischen den Mägden und mir.

Ich hob sie auf
und köpfte die Disteln
und mähte den Wind,
schwang sie um mich
durch die Büschel der Luft,
bis sie schartig zurück
auf die Scherben schlug.
Die Mägde hörten
das Klirren nicht.
Keine drehte sich um.

Ich sah nur die Rücken,
ich sah die Striemen,
von den Traktoren
ins Feld geschnitten,
den Wagenzug auf der Straße zur Stadt
und weiß wie ein Schloß von Ludwig dem Zweiten
die Silhouette der Zuckerfabrik
und die Silotürme über dem Dunst.

III

Hinter dem Friedhofszaun,
wo die Nesseln über dem Grab
des Selbstmörders brannten
und Herbstzeitlosen die Kelche
öffneten für den Tau,
kam mir der Knabe entgegen,
der einen verwundeten Raben
auf seiner Schulter trug.

Ich sah das Blut
auf dem weißen Hemd,
ich sah das Blut
auf dem schwarzen Gefieder
und sah das Kindergesicht,
die Augen, die Frage.

Doch ich hatte nur welke Blätter,
das erste gefallene Laub
in der Hand und im Kopf
den Satz eines Philosophen:
Traum ist die Welt
und Rauch vor den Augen
eines ewig Unzufriedenen.

Solleone

Vom Gesirr der Zikaden betäubt,
von der Pranke der Sonne geschlagen
zittert das Land,
aus verwundeten Hüften
Lavendel verströmend.
Löwensonne!
Die Mähne funkelnd im Blau.
Lerchen und Sperber fliegen
berauscht in den goldenen Rachen.

Weiß leuchtet die Stadt,
tamariskengegürtet,
Oliven im Haar,
über Ockerschultern und rotem Geripp,
caput mortuum, umbra, siena.
Der Wein wächst unter den Achseln.
Karthago, Jerusalem, Ninive, Delphi?
Fata Morgana ewiger Burgen,
im Schlaf der Götter versunken.

              Rauchsäulen bauen
              silberne Tempel
              über die Zinnen
              und Grate der Dächer.
Die Pranke erdrückt sie,
Torsos stürzen den Weinberg hinunter,
die Ölbäume fangen den Schwadenschutt auf.
Die Brunnen sind leergetrunken.

Im Netz der Fischer

Durchs Ölbaumgewölk auf den Hügeln
rudern die Pinien.
Der Mondhai verschlingt sie.
Im Netz der Fischer zappelt Jeunesse dorée,
vom Cool Jazz chloroformiert.
Am Kai fällt ein Paar aus den Maschen,
decken sich Schatten.
Im Glas verblüht der Rosé.
Ein Kahn stößt ans Ufer,
der Sand ist weich.
Chantal wirft die Hand in den Himmel,
als könnte ihr Griff
die Welt ins Spitzentuch schlagen,
und zieht sie erschrocken zurück,
Spinngeweb zwischen den Fingern.

»Café filtre, garçon! Deux cognacs«,
– »oui secs.«
Wie sich die Proportionen verschieben!

Vom Mondbiß gereizt
bäumt sich die Bucht, eine Tigerkatze,
schwarz in die Molen gekrümmt,
von den Lichtern gelb gefleckt.
Sie faucht und wirft sich vergebens,
Insektenboote saugen sich tiefer ins Fell.
Über die schlaffen Segelflügel tropft
der Speichel des Monds auf die Strandterrassen.
Die Bucht schwappt mit knisternden Tatzen
über die Stufen, schnappt nach dem Tischtuch,
leckt uns die Füße, duckt sich zum Sprung.

Chantal wirft Bananen ins schäumende Maul.
Gischt sprüht in die Gläser und Tassen,
zischt in die Augen, ins offene Haar,
das über die Kiemen der Backfische weht
und ihr Lächeln dunkel vergittert.

Der Speichel des Monds wird nicht trocken.
Er klebt auch auf unserer Haut.
Im erkaltenden Luftzug wittert
der nächtliche Fischer den Mistral
und holt die Treibnetze ein.

Rachel

»Gardez cet objet précieusement!«
sagte Vincent van Gogh zu Rachel,
der er sein Ohr geschenkt hat.
Ich suchte vergebens jenes ›Maison de la tolérance‹
Nummer eins der rue du Bout-d'Arles,
in dem es der Chronik zufolge geschah.

Am Mittag bin ich Rachel begegnet.
Unter den schwarzen Zypressen
von Aliscamp, den Elysäischen Feldern,
saß sie auf dem zerbrochenen Deckel
eines römischen Sarkophags.
Käfer krochen aus ihren Zehen
die nackten Schenkel hinauf.

In ihrem Schoß lag fleckenlos weiß
ein riesiges Ohr
mit tiefer, dunkelnder Muschel.
Durch die gesenkten Krallen der Wimpern
glühten die Augen so stark,
daß die Agave vor ihr zu brennen begann.

Da sah ich den Brunnen.
Ich wälzte den Stein vom Schacht:
Labans Schafe kamen zur Tränke.
Offen gegen den Himmel und weit
ist das Haus der Toleranz,
unsterblich Rachel,
die nicht getröstet sein will.

Begräbnis
bei Apt en Provence

Ein Bauer band seinen kranken Hund
an den Stamm eines Ölbaums.
Tollwütig biß das geifernde Tier
seinen Schmerz in die Rinde.

Der Schuß des Bauern
zerschnitt das Fell
der Zikadentrommel,
zerriß das Netz
der Strahlenspinne,
schlug ein Loch in den Himmel.
Schwarz hing der Rauch
im Ölbaumgeäst.

Die Harke des Bauern
zerschnitt das struppige Rasenfell,
zerriß das Netz des Wurzelgeflechts,
schlug ein Loch in die Erde.
Rot hing der Staub
im Ölbaumgeäst.

Der Bauer knüpfte
die Leine vom Stamm,
löste den Hund von der Leine,
stieß ihn ins Loch,
warf drei Hände voll Erde
über das gelbbraun gefleckte,
purpurbesprenkelte Fell,
schaufelte den zerschnittenen Rasen,
die zerrissenen Wurzeln,
die zerschlagene Scholle darüber
und stampfte die Erde glatt.

Zikaden trommeln,
das Fell vibriert,
die Sonne spinnt Licht.
Die Haut des Himmels
ist narbenlos blau,
die Narbe im Gras
caput – mortuum – rot.
Im Ölbaumgeäst
hängt ein Fliegender Hund.

Im Calvados
Normandie

Der Bauch des Himmels
wälzt sich regenschwanger
vom Meer nach Osten
über fette Wiesen,
auf die verwehte Glockenschläge
fallen – Stund um Stunde
und reife Äpfel.
In den Wolken
schwimmt ein Schloß.

Wie mit dem Lineal gezogen
schließen die Heckenreihen
Gevierte ab, in denen schwarzgefleckt
die Kühe liegen, diese schweren
Berge Fleisch, zu satt, zu müd,
die Fliegen abzuwehren, –
und ein Trapez,
auf dem die Fohlen galoppieren.

Jenseits des Grabens,
den die Schlehen überschatten,
peitschen zwei Knechte,
calvadosberauscht
auf einen Ochsen ein.
Die Magd,
die Äpfel in zwei Körbe klaubt,
die angefaulten und die guten trennt,
reicht ihnen ihre schönsten.

Über die Schlehen staubt
ihr trockenes Gelächter.
Die blinden weißen Augen des Ochsen
spiegeln den grauen Himmel,

spiegeln das rote Kleid,
das in den Dornen hängt,
und füllen sich dunkel
mit Schwermut an.

Die Fohlen galoppieren noch immer.
Unter ihren Hufen
schwankt das Trapez.
Die Erde dreht sich schneller,
hebt den Horizont
in tiefres Grau.

Das Schloß schwimmt durch die Dämmerung
nach Osten, eine leere Arche,
die alle Tiere ausgeschüttet hat.
Es steigt auf Wolkenstufen in die Luft
und ankert vor dem Mond.

Erratischer Block
Normannische Küste

Hier sind die Wiesen noch nicht vernarbt,
hier stürzen noch Rinder und Lämmer
in tückisch verwachsene Schützengräben
und Panzerfallen. Die Marder
lauern in Deckungslöchern.
Über die Reste gesprengter Bunker
ziehen Ameisenheere.
Wilde Karnickel hausen darunter
und manchmal schnüren Füchse vorbei.

Zwei Bombentrichter stehen voll Wasser.
Die Rinder und Lämmer versuchen seit Jahren
sie leerzuschlürfen,
auch die Raben trinken darin.
Die aufgerissenen Augen der Erde
schließen sich nur im Winter.

Die Holzkreuze drüben sind ohne Namen,
das größte umflicht eine Stacheldrahtkrone.
Weißdorn und Rotdorn
säumen die Schädelstätte,
im Westen ein Eichenwald,
der den Küstenwind abfängt,
den Sand und den Blitz.
Nur das Donnern der Brandung
durchdringt ihn.
Das Meer, das unsichtbare,
ist immer da
wie das Licht und die Nacht.

In der Waldschneise liegt
ein erratischer Block.
Ein Findling, ein Hünengrab,
ein keltischer Opferstein?
Zwei Raubvogelkrallen sind eingraviert,
Haarsterne, ein Bischofspfennig,
darunter der Abdruck von Muscheln.
Ein Epitaph in chinesischer Schrift?
Peripherisch Moos,
das sich niederläßt,
weitertastet zur Vogelkralle,
festhängt, über die Risse schleicht,
die Muscheln bedeckt,
den Stein erobern will.
Es gelingt ihm nicht.

Gefangen

Unter dem Netz aus Insekten,
von Tropfen des Lichts befleckt,
lagst du, gefangen.

Gefangen sein und befreit sein,
wie ähnlich ist das Gefühl!

Der Wind hat sich zweimal gedreht,
hat das Meer in die Muscheln geschwemmt
und die Muscheln zurück ins Meer.

Am Boden liegen die toten Insekten
zwischen den letzten Tropfen des Lichts.

Verlassene Kirche

Durch Wiesenschaumkraut und Weizenwogen
treibt das Wrack eines Kirchenschiffs
mit zerbrochenem Mast und geborstenem Bug
aus gotischer Zeit in unsere Zeit,
von Priestern und Betern verlassen.

Der Himmel hat Tauf- und Weihwasserbecken
mit frischem Regen gefüllt.
Stare und Sperlinge tauchen hinein.
Auf die Kanzel fliegt eine wilde Taube.
Wem gilt ihr mürrisches Gurren,
wer wird ihren Lockruf verstehen?

Im Dämmer der Sakristei
versammeln sich Gräser
um eine blühende Distel.
Raupen fressen sich
durch die Heilige Schrift,
geduldig von Wort zu Wort.
Mit gefalteten Flügeln
schlafen Nonnen im Meßschrein.
Zwei Spechte zupfen sie wach
und klopfen nach tiefer
verborgenen Schätzen.

Die Chorbänke sind mit Moos gepolstert.
Zur Mitternachtsmesse lassen sich dort
die Eulen nieder, schütteln die Kutten,
glucksen die Litanei,
ein rauhes, gewichtiges Amen,
drehen die Köpfe,
wenn aus der Orgel
die Fledermaus pfeift
zu den Akkorden des Winds

und der Mond seinen Kelch
auf die Fliesen leert.

Die Spinnen haben die Fensterhöhlen
mit ihrem Gewebe neu verglast.
Sie fangen und filtern das Morgenlicht.
Eidechsen schlüpfen aus Sarkophagen.
An Mäuseleibern saugen die Milben.
Auf weißem Knochenstaub brütet ein Huhn.
Doch vergebens durchbohren
die Würmer das Kreuz:
zersplissen bewahrt es die Form.

Am Hauptportal gürtet ein Kranz
wilder Rosen das Jüngste Gericht.
Ein Bienenschwarm summt die Gebete.
Sein Nest hängt im Schoß der Madonna,
die Waben voll duftendem Honig.
Den Sündern wächst Wein
ins zerschlagne Gesicht.
Ihre Füße brennen
in Nesselflammen.

Die Brücke

Wenn du die neue Brücke betrittst,
wirf die Zigarette nicht weg
und stolpere nicht, gib acht
auf die Zündschnur unter dem Staub!

Siehst du den Riß im Stein,
im Pfeiler den Sprung?

Der Sprengstoff wurde mit eingebaut
wie früher die Rolle des Stifters,
der Bibelspruch und der Segen des Bischofs.

Die Narben der Äcker

Die Feldwege münden gerädert,
gestriemt in deine Verzweiflung.
Sie läßt dich die Narben der Äcker sehen,
die Wunden in Rinden der Bäume,
den Schmerz zertretener Käfer und Würmer.
Hinter den schweren Tritten der Kühe
richtet sich mühsam das Gras wieder auf
mit zerfressenen Häuptern.

Lastwagen werfen dir Staub zu.
Traktoren zerfahren deine Gedanken.
Die Bäuerin kehrt den Schmutz
von der Schwelle, scheucht
ihre Hühner zurück in den Hof.
Nur ein Hund bellt dich an,
ängstigt dich, schmeichelt dir,
begleitet dich eine Strecke Wegs.

Dann bist du wieder allein
mit der Grassamenwolke,
dem Dunggeruch und den Spatzen,
die vor dir auffliegen
in den gewittrigen Himmel.

Ginster streichelt dich später.
Die roten Leuchtkugeln der Tomaten
steigen aus satterem Grün
und aus den nackten Lenden der Erde
obszön violett Auberginen.
Da rollt die Melone vor dich hin,
reif, süß und weich in ihrer harten Schale.

Herbst im Vaucluse

Der letzte Bauer
schließt seine Scheuer,
sattelt sein Maultier
und reitet den Himmel hinunter.
Über die Erde
gleitet sein Schatten.

Auf der Mauer des Friedhofs
balgen sich Katzen,
schwarz ineinander verknäult.
Finger der Toten,
Zypressen,
deuten ins Strahlengeflecht
der Lichtspinne.
Ungeheuer
dehnt sich ihr Netz.

Vogelgeschwader,
vom Windgott aus dem Herbstparadies
der Ile-de-France in den Süden gepeitscht,
stoßen vergebens gegen die Maschen.
Mit Fäden des Lichts im Gefieder
und Wellen des Lichts in den Kehlen
fallen sie matt zur Erde zurück.
Auch du bist gefangen.

Blau tropfen die Trauben
den Weinberg hinab
auf das trockene bleiche
Gerippe des Stroms.
Die Linien und Flächen
verbrannten Ockers
zeigen dir immer das gleiche
Gesetz der Geometrie.

Aus Fugen und Fenstern
verlassener Fermen
züngelt der Quendel,
lodert Gebüsch.
Durchs morsche Geäst
entblätterter Dachstühle
rauchen Myrtenlaubschwaden.

Bis in den Schlaf der Fledermäuse
tönt die gestufte Kadenz der Zikaden:
    Auch du bist gefangen.
Rot tropfen die Trauben
    den Weinberg hinab.

Medusen

Der Wind streicht den Schaum
vom Schenkel der Düne,
wühlt durch das Strandgras.

Gebogene Halme
erfinden ein Lächeln,
die Frucht, die sich öffnet
mit weißen Steinen darin.

Ich sehe dich schwinden
im fasernden Licht,
seh nur noch die Klippen,
die dunkelnde Bucht.

Härtere Schatten
schließen die Lippen,
schwärzen den Sand,
färben dich erdig,
graben sich ein,
graben dich um.

Die fallende Flut
hinterläßt einen Saum
rot durchschienener
Skyphomedusen.
Leuchtquallen, Haarquallen,
aus den Polypen gewandelt,
zerfallen?

Niemand wagt es,
auf diesen Teppich
zu treten, das brennende Band
zu überschreiten,
niemand versucht es,
den Schirmrand zu heben,
den Mundarm zu berühren.
Versteinert siehst du mich an.

Bretonischer Abend

Alles, was leicht war an mir,
trugen die Möwen ins Meer.
Warum hast du die Tür nicht geschlossen,
hast du die Wolken eindringen lassen,
die Schwalben und die Hornissen,
die an die Lampe stoßen,
und den gesalzenen Geruch
von Tang und Teer und Sardinen,
von feuchtem Korn und verfaultem Holz?

Die Fenster sind angelaufen
vom Hauch deiner zögernden Wärme.
Doch durch die Ritzen der Mauern
zischt kaltes Echo zurück.
Wer hat die Angst in den Mörtel gemischt?

Jede Bewegung rührt ans Gewicht einer Wolke.
Die Luft flutet schwerer
als Wasser über die Schultern.
Wir kauen Vokale, die Silbenkiesel
zerbröckeln zwischen den Zähnen.
Wir schütteln Sand auf den Boden
und klimpern mit leeren Muscheln
und ducken uns unter den Schlägen der Flügel.

Lichtfische schwimmen über die Decke.
Am Boden entknäueln sich Schattenschlangen.
Sie kriechen die Wände hinauf.
Mit ihren Krallen nageln die Schwalben
sich wundgestoßen ans Fensterkreuz.
Nur die Hornissen durchbohren das Schweigen,
schlagen die Stollen tief in den Damm

der gestauten Ströme. Wir wehren
uns nicht, erwarten den Stich.

Aus der Mühle der Uhr
fällt das Stundenmehl
über Stühle und Tisch,
mein Bett und dein Haar.

Verlassenes Paradies
Ile-de-France

Gestürzte Mauern, über die das Grün
hinausschäumt in die brachen Äcker.
Am Einstieg eine tote Otter.
Im Dornbusch hängt ein Taubenflügel.
Brennesseln, Ruten und Brombeerranken
sperren das Reich der Eidechsen ab,
schützen die Brutstatt der Vögel.

> Mit goldenen Sicheln
> schnitten die Priester
> die Misteln vom Baum
> in keltischer Zeit.

Die Misteln wuchern noch immer
auf diesen uralten Bäumen,
stärker und schöner denn je.
Doch niemand kennt mehr
ihren Zauber, die Heilkraft.
Kein Priester, kein Gärtner
beschneidet die Äste.
Nur Efeu steigt
zu den Misteln hinauf.
Sie haben die Eichen besiegt.

Versteinert trauern
am Wegrand die Götter,
vom Regen geschwärzt,
bis zur Brust mit Farnen bekleidet.
Von den Menschen verraten, verlassen,
haben auch sie ihre Unschuld verloren,
verwitwet, verwaist
die Freude an ihrer Nacktheit vergessen.

Der Wind wirft ihnen
Äpfel zu,
Kastanien und Nüsse.
Sie bücken sich nicht.
Sie essen den eigenen Schatten
am Mittag
und trinken am Abend das Licht.

In den Äpfeln vertrocknen die Samen.
Der Kern der Kastanien
sprengt selber die Schale.
Die glänzende Haut
verrunzelt im Gras.
In den Nußschalen schrumpfen
die Mumien der Priester
der Auferstehung entgegen.

Doch es kommt kein Mann,
der die Nüsse knackt,
keine Frau zurück,
die nach Äpfeln greift,
kein Kind, das sich Kastanien holt.
Die Nesseln verbrennen sich selber.

Aufs Taubengefieder
tropft Brombeerblut.
Im Dornbusch schreien die Vögel.
Auf dem Leib der Schlange
sammeln sich Fliegen.
Die Eidechsen schnappen danach.
Gepanzerte Schnecken gleiten hinüber,
ihr Reich zu erobern.

II Die Stadt

Die Stadt

Ich wohne draußen vor den Toren.
Es nützt mir nichts,
die Stadt zu untergraben,
zu überfliegen,
zu belagern,
in sie einzudringen,
auf den höchsten Turm zu steigen:
Sie ergibt sich nicht.

Eine Strasse, ein Baum, eine Mauer

Eine Straße, ein Baum, eine Mauer, ein Fenster.
Ein Traum, der dich plötzlich zurückführt
ins Haus eines Mädchens,
auf Plätze der Stadt,
die du vor fünfzehn Jahren verlassen.
Ein Blatt, ein Docht, eine Tür, ein Gesicht.

Eine Liebe, die vor zweitausend Jahren
in Delphi begann, eine Schulbank,
die unbeschriebene Tafel,
eine Grammatik der griechischen Sprache,
das Haupt der Medusa Rondanini,
ein Atlas, in dem das Meer
so blau war,
wie du es später nie mehr gesehen.
Ein Baum, eine Mauer, ein Fenster,
ein Blatt, eine Muschel, ein Messer,
ein Docht, kein Gesicht, keine Tür.

Und wieder der Schatten der Gitterstäbe,
die Apathie aus Verlust und Entfremdung.
Der Feldweg, der in den Himmel führt,
er ist seit Jahren verwachsen.

Wir blättern im Atlas und im Gedächtnis
und suchen die Stadt, die Mauer, das Laub,
suchen die Säulen, das Tor, das Meer,
das große vergessene Gefühl,
den verlorenen Satz, den Einsatz
und finden nur Wortbrocken, Steine,
verdorrte Blätter, die leere Muschel,
das Messer verrostet, den Docht erloschen,
die Tür und das Fenster verschlossen,
dahinter kein Schritt, kein Gesicht.

Der erste Blick auf Paris

Paris, – das waren Korallenriffe,
graue Schiefer- und Kreidebrüche,
Steingeröll über dem Grund
eines ausgetrockneten Meeres,
die Plätze von Muscheln bedeckt,
von lärmenden Vögeln belebt,
die Straßen von Fischen durchflogen.

Dazwischen Wälder aus Algen und Tang,
gestrandete Kirchenschiffe,
vor Bojen, Glocken- und Kugeltonnen
an mächtigen Pfählen vertäut,
und Monolithe, die Siegessäulen,
die schwarzen Finger der Obelisken.
Ihr Schatten zeigte die Stunden an.

Am Abend rollte das Meer zurück,
schwarze Wogen, vom Westwind gepeitscht.

Ich ging deiner Lichtspur nach,
furchtlos über das Wasser.

Katzenballade

Katzenfelle durchknistern die Luft,
diese fliegenden Teppiche eines Traums,
der dich nach tausendundeiner Nacht
in Paris wiederfindet,
mit Krallen trifft
und für immer verletzt.

Katzenaugen schlüsseln die Nacht auf,
leuchten dir heim
in den Gassen des fünften Arrondissements,
wo sie noch heller und zahlreicher
funkeln als die Laternen.

La rue du Chat qui pelote, –
die die Fäden der Zeit
zu unendlichen Knäueln verwickelt,
labyrinthisch gewunden,
verknotet, verwirrt,
qui pelote, qui caresse, qui maltraite,
qui flatte, qui flotte, qui pelote et pelote …

Von den Dachrinnen tropfen sie,
nächtliche Schauer und manchmal der Blitz
eines Katers im Sprung.
Ihr Liebesgeheul hält dich wach,
das Weinen von Kindern,
das Stöhnen gebärender Frauen,
das Fauchen von Leoparden, –
Urlaute, Urwaldstimmen im steinernen Dschungel,
über den Ketten parkender Autos,
die sich um die Hausblöcke schließen.

Irrlicht auf Türschwellen, Sims und Giebel
flackert zum Schornstein hinauf.
Und wieder die fliegenden Teppiche
über den Dächern, unter den Wolken.
Pfoten zerteilen den Rauch,
haschen die goldene Kugel,
spielen Ball mit dem Mond.

Stilleben mit Ehepaar

Brotkrumen, Fischköpfe, Gräten,
welke Salatblätter, Apfelschalen,
im Glas die Weißweinneigen.
Dahinter ihre geröteten Hände,
ihr abgeblättertes Gesicht.

Zwei Finger pressen die Zigarette.
Die Asche wächst,
sie streift sie nicht ab,
wächst aus der Hand,
fällt auf die Reste des Mahls.
Der Kaffee tropft durch den Filter,
klopft auf den Kannenboden, tropft.

Zwischen dem Paar nur der Rauchdialog,
nur die Asche, die wächst, die fällt
aus vergilbenden Fingerkuppen.
Sie sieht einen nassen Fleck an der Wand.

Er sieht im Fenster das schartige Grau
einer Hausfassade, das tiefere Grau
der Dächer, das hellere Grau des Himmels.
Auch der Rauch ist grau, das Gespräch
zwischen ihnen, Kringel, die sich
stoßen, umschlingen, durchschneiden,
durchziehen, umdrehen, vermischen.

Submarines Nachtleben

Leuchtbojen locken die Raubfische nachts
über die Kais in die Steinkanäle
des Rive gauche vor Grotten und Höhlen,
aus denen Jazzstrudel quellen,
Schlagzeugwirbel, das Tosen der Brandung,
das Gurgeln erstickender Möwen.

Die Hechte und Haie tauchen hinab
in die Kelleraquarien, wo rot
und golden geschwänzte Fischweibchen
durch die Rauchwogen schwimmen
mit stummen, halb offenen Mäulern.
Sie heben und senken die Flossen
im algengrünen Licht,
begierig sich schnappen zu lassen.

Glaskugeln baumeln an Reusen,
Flaschen schwanken im Netz,
Champagnergischt sprüht
übers Schuppenkleid.
Zwischen Korallenbänken und Tanggirlanden
spielt die Negerkapelle
eines versunkenen Schiffes
pausenlos weiter.

Manchmal hält die verknöcherte,
kalkweiße Hand einer Greisin
Veilchensträuße beschwörend
vor Flundern- und Karpfenbrüste,
funkelnde Perlenschnüre,
an eine Seekatzennase …
Niemand kauft sie ihr ab.

Hinter dem Riff ihrer Schultern
taucht das Quallengesicht
eines chinesischen Händlers auf,
ein Medusenblick, ein Polypenarm.
In die Muscheln verteilt er
gesalzene Mandeln und Oliven.
Er braucht nicht zu betteln,
ihm fliegt der Obolus zu.

Umschlaghafen

I

Fremde Schiffe bedecken das Wasser,
auf dem die Ölflecke kreisen,
verdecken die Molen, den Leuchtturm
in ihrer steinernen Faust,
verdecken die Sicht aufs freie Meer.

Mit leeren Backen greifen die Krane zu,
Mammuttiere mit scharfem Profil
und entschiedenen Gesten,
genau in der Drehung der Hüften,
dem Schwenken der Glieder und Häupter.
Sie greifen ins Korn, in die Baumwollballen,
greifen in Kohlen, Steine und Eisen.

Ein Kolosseum aus Hallen und Speichern,
ein Amphitheater aus Rampen und Stufen
umschließt die Arena. Fremde Waggons,
Lastwagen und Kisten bedecken das Land,
auf dem die Rad- und Schmutzspuren kreisen,
verdecken die Erde, die niemand gehört,
verdecken die Dockarbeiter, die Träger.

Auch wenn du näher trittst, siehst du nur
Waren und Werkzeuge in der Luft.
Mit leeren Händen greifen die Arme zu,
greifen ins Korn, in die Baumwollballen,
zerren an Gurten, Seilen und Ketten,
stoßen die Schaufeln in Kohle und Kies,
werfen sich Flaschen zu, Kork und Bananen.

Arme, mit Blumen, Anker und Stern tätowiert,
mit Kreuzen oder Sichel und Hammer,
Arme gebräunt, geschwärzt und zernarbt,

gezeichnet von schwellenden Adern und Rissen,
Arme, die kein Gesicht erraten lassen
und keinen Leib ihrer Herren
hinter den Speichen der Räder, den Kisten,
den Lattenkreuzen und Fässern, den Brettern,
die ihre Welt bedeuten, die nahtlos
vernagelte Welt ihrer Tage,
hart in den Angeln und Fugen ruhend,
wasserdicht, lichtdicht, traumdicht verschlossen,
die Ritzen verteert und verschmiert,
eine Welt, die keinen Zwischenraum duldet,
die Aussicht und Einsicht verwehrt
selbst dort, wo sie morsch ist, verrostet,
verfault, durchlässig nur für Gerüche.

Zwischen den Armen Stimmen ohne Zusammenhang,
Zeichensprache, Lasttierlaute,
Vogellaute, Stöhnen, Flüche und Pfiffe.
Nur wer zum Schwarm gehört, der Geweihte,
der Eingeweihte versteht sie. Stimmen
über dem Abgrund, Geruch von Pech und Schwefel,
verdorbenen Früchten, Schweiß, Urin, Wunden.

Brecheisen klirren, die Gurte reiben an Rücken
und Hüften, die Seile an Kanten und Stahl.
Riemen fauchen über Gesimse, durch Ösen, Spulen,
geöltes Blech. Die Stricke schneiden ins Fleisch.
Langsam werden die Berge versetzt ohne Glauben,
Mauern und Burgen geschleift ohne Aufruhr,
fallen die Türme und Bilder der Fülle ohne Empörung,
wird die Landschaft aus fremden Gütern abgetragen
und umgeladen, auf fremde Züge und Wagen verteilt.
Langsam drehn sich die Räder, dreht sich die Erde,
dreht sich der Tag in die leere Mitte.

II

Warm fährt der Wind stromauf in die Mündung,
wo Wohnblöcke ankern,
der stählerne Bug einer Mietskaserne,
das graue, verwitterte Schiff einer Kirche,
dazwischen die Rümpfe aus Wellblech und Holz,
die bunten Würfel mit flachem Verdeck,
Kombüsen mit Leitern, Kaminen,
die kein Rauch mehr verläßt.

Schiffshäuser, Hausschiffe, locker vertäut
auf fremdem Grund, gestrandet, zwischengelandet,
versandet, wo niemandes Heimat ist,
Maste und Planken schwimmen im Mittagslicht
an den Rändern der Hafenstraßen,
die grell sind und bitter
in ihrer ausgeleuchteten Leere.

Mittagslicht, das den Augenblick festmacht,
die Stunde ohne Frauen und Kinder,
die abgeschlagenen Marktstände,
die abgefallenen Blätter welker Salate,
zerquetschtes Obst und Gemüse,
zertretene Blumen, Schalen und Kerne.

Aus einem Fenster springt Rumbamusik.
Doch es tanzt nur der Ruß mit dem Staub,
der Span mit den Fliegen und Bremsen,
zu hobelnden, blechernen Rhythmen.
Es ziehn nur Gerüche die Straße hinauf,
fährt nur der Wind in die Büstenhalter
und über den flachen Dächern umschlingen
die Hemdsärmel leere Röcke und Blusen.

Rost frißt sich weiter durch die Stadt.
Er nagt an den Schlüsseln und Schlössern der Türen,
er beißt in die Riegel, Angeln und Klinken.
Aus Luken und Löchern steigen die Ratten.
Kein Mensch verläßt mehr sein sinkendes Schiff.

Fremde Dampfer bedecken das Wasser,
auf dem die Schmutz- und Ölspuren kreisen,
verdecken die Ausfahrt, den Spielraum
der Freiheit, den Leuchtturm, das Meer.
Und wieder greifen die Krane zu,
greifen die Arme in fremdes Korn,
zerren an Gurten, Seilen und Ketten,
Arme gebräunt, geschwärzt und zernarbt,
gekerbt von blauen Blumen und Sternen.

Über den Dächern der Rue Germain Pilon

Die Flächen der Dächer neigen sich
mir ins Bewußtsein, Spiegel,
auf denen die Sonne Distichen improvisiert,
die ein Wolkenschwamm wegwischt,
Parkett für Taubenballette
im Rhythmus des Windes.

Orchesterlärm quirlt von den Straßen herauf.
Die Streichinstrumente werden gestimmt,
ein Schellenbaum klingelt.
Sonst ist nur das Rollen der Pauken zu hören.
Vergebens warte ich auf den Einsatz der Flöten,
die Melodie eines Nachmittags ohne Faun,
der seine Nymphen in Tauben verwandelt.

Durchs Fenster besucht mich die Wolke,
schüttelt den Staub von den Füßen.
Ich hefte ihr einen Blitz ins Haar,
sie läßt mir nur eine Träne zurück.

Dunkler gekleidet kommt sie am Abend wieder
über die Giebelrampe herauf.
Der Mond kämmt ihr Haar vor dem Fenster.
Sie wirft eine Strähne ins Zimmer.
Über dem Scheitel funkelt der Blitz.

Auf den Spuren der Tauben tanzen nun Katzen
einen ekstatischen Pas de deux.
Der Mond schreibt Alexandriner
auf die knisternden Dächer:
›Tremble, m'a-t-elle dit, fille digne de moi!‹

Im Orchesterraum drunten am Pigalle
rollen die Pauken gedämpfter.

Doch wenn der Schlagzeuger aussetzt,
weht aus den Kellern die Melodie
arabischer Wüsten herauf,
vom Wind geschlagne Gitarrenakkorde,
Sand, der vom Palmenblatt
in die Kehlen der Sänger rinnt.
Über ihr heiseres Gurgeln
prasseln die Datteln herab.

Nächtliche Verwandlungen

I

Aus der versunkenen Stadt Ys
steigt der Raubfisch silbergemästet herauf
durch Koralleninseln und Rauchschlingen,
über Turmfeuer und Leuchtbojen,
schwimmt ins freie Gewässer der Nacht,
hebt die Flossen zum Flug,
wird ein Pfau,
schlägt sein Rad in den Himmel,
schleift seinen Schwanz über Kuppeln.

Paris hält ihm tausend Spiegel entgegen.
Der dunkle Rücken der Buttes Chaumont
krümmt sich unter seinem Lichthieb.
Geheimnisse hellen auf,
Wunden werden sichtbar,
Falten, Brüche, Schnitte.
Licht spricht mit Licht,
tonlos, rücksichtslos, quer
durch den Schlaf der Schatten.

Die Straßen glätten sich,
Mauern härten sich,
Knoten lösen sich auf.
Die Paare rollen aus ihrer Verstrickung,
all den vergeblichen Versuchen,
eins zu werden, sich
und die Stimmen, sich
und die Schläge des Lichts zu vergessen,
in ihre Träume zurück.

II

Sie sehen die Wolle
aus ihren Decken fliegen
zurück an die Leiber der Schafe
und sehen die Herden
über den Himmel ziehen
an ihren Fenstern vorbei.
Sie sehen die Federn
aus ihren Kissen fliegen
zurück in die toten Vogelleiber,
sehen die Vögel wieder lebendig werden,
atmen, die Flügel heben,
abspringen vom blutigen Tisch,
aufschwingen durch die Dämmerung
an ihren Fenstern vorbei
ins frühe zögernde Taglicht.

Und sie hören ihren vergessenen Schrei,
wenn die Sonne das Gefieder ansengt,
die Vögel erstickt,
ihr Flaum auf sie fällt,
wärmer zurückfällt.

Brandgeruch weckt sie auf
und der trockne Geschmack
von Asche auf Zungen und Gaumen.

Dezembermorgen

Der Morgen
steckt mit kalter Hand
Turm um Turm
in die Erde zurück,
reißt das Tuch auf,
unter dem du lagst,
warm und geborgen,
schneidet dich aus
mit blankem Messer.

Entblößt, verletzt,
entstellt,
wirft dich
der Spiegel zurück.

Alles was dein war,
Traum und Hoffnung,
dein Leben zu tauschen,
der Plan es zu ändern,
blieb zwischen den Fäden
des nächtlichen Tuchs.

Fröstelnd gehst du
hinaus ins Graue,
die Mauern entlang.

Wände, Wände
und keine Tür,
die dir offen stünde.
Die Fenster sind alle
verschlossen, verhängt.

Da fallen Strähnen
auf deinen Weg,
Flocken, Locken,
von weither geweht,
berühren dein Haar,
dein Knie, deinen Schuh.

Du trittst darauf,
auf Chrysanthemen,
verscharrtes Laub,
zerfetzte Schleier,
ein Schneegesicht.

Auf dem Platz der Freiheit
springt die Fontäne
nicht mehr.
Im Brunnengrund atmet
der Himmel noch einmal,
bevor er zu Eis wird,
Figur und Blume.

III Die Arche

Der Kindheitstraum von der Arche

Im Schlaf ist er wiedergekehrt,
der Wachtraum der Kindheit,
geborgen, gerettet zu sein und auf Fahrt,
auf immerwährender Fahrt zum Gipfel,
zum Berg der Verheißung.

Die wilden Tiere gezähmt
zu freundlichen Reisegefährten, –
sie nehmen dich auf den Rücken,
sie fressen dir aus der Hand,
sie reiben ihr Fell an deiner Haut,
sie tauschen mit dir den Blick und die Wärme,
sie teilen mit dir das Mahl,
sie sprechen mit dir
eine plötzlich verständliche Sprache.

Hinter sich lassen, drunten und fern,
was dich gequält hat, beengt,
das Verlogene, Grausame, Bosheit,
Heimtücke, Hinterhalt, Falle.
Was du gehaßt, verachtet, gefürchtet,
was dir den Weg und das Glück verstellte,
schwimmt nun zerbrochen unter dir mit,
trägt dich, entgleitet, du fährst drüber weg.

In den Schulbüchern blättern die Wellen.
Sie schlagen die Tasten und Saiten
geborstener Klaviere,
waschen die schwarzen Tafeln rein.
Manchmal taucht noch ein böser Blick
aus dem Meerschaum, ein drohender Mund,
ein Dolch, eine Faust. Tatzenstöcke

und Peitschen treiben noch in den Fluten,
Gewehrkolben, Schaftstiefel, Gummiknüppel,
Turngeräte und Folterbänke …

Erwählt zu sein, erkannt und verstanden
von Noah, dem besseren Vater,
wissend, gütig, gerecht …
Zu Hause zu sein und zugleich unterwegs
durch die Welt, vorwärts getragen vom Wind,
gelöst und erlöst vom vergangenen Schicksal,
vorwärts gespannt
auf die Zukunft, die Landung,
die neue Sicht und die neue Erde,
Ararat, Eden, Parnaß, Eldorado,
Orplid, Lokaloka, Kythera …

Der Kirschbaum

Durchs Schilfrohr ruft es
der Schwan, der Prophet.
Die Lerchen singen es weiter:
Gott sitzt im Kirschbaum
und entkernt die Kirschen.
Die Stare werfen Schattenfalten
in sein weißes Lichtgesicht.

Der Kirschbaum wandert übers Wasser.
Fische springen durch sein Haar,
Krebse schlüpfen durch die Wurzeln
und der Wind fährt in die Krone.

Gott sitzt rudernd
auf den Ästen,
ißt die Kirschen,
spielt mit Kernen,
läßt sich treiben,
hat die Welt vergessen.

Abendstrophe für Kinder

Siehst du den Wind?
Hörst du den Rappen?
Er trabt ums Haus,
er steckt seinen Kopf ins Zimmer herein,
er schaut dich mit schwarzen Augen an,
er frißt uns das Licht aus der Hand.

Er kaut den Schimmer,
er schluckt das Licht,
seine Mähne verhüllt dein Fenster.
Hörst du den Baum?
Fühlst du den Wind?
Schließe die Augen,
schlafe, mein Kind,
schlaf ein!
Rolle dich warm in den Traum!

Dann spannt sich der Rappe
vor dein Bett
und fährt dich hinaus
durch die Krone des Baums
an den Sternen vorbei
über den Mond in den Himmel.

Am Morgen bringt dich ein Schimmel
wieder zurück ins Haus.

Empfang vor dem Lustschloss

Vor dem verwitterten Lustschloß
steht eine Hünengarde von Pappeln Spalier.
Disziplinloses Buschvolk drängelt sich vor.
Klatschmohn öffnet die roten Mäuler,
vorlaute Küken beginnen zu gackern,
die Krähen probieren ein krächzendes ›Hoch‹.

Auf der Mauerbrüstung landet ein Rabe,
schüttelt den Frack,
hebt seine gelbe Trompete ins Licht,
kündigt das Königspaar an:

Zwei Kröten hüpfen die Treppe hinauf.
Wegwarten schwenken die blauen Mützen.
In der Pappelfront trommeln die Spechte.

Winter

Die Singvögel sind entkommen.
Die Lastkähne froren ein,
bevor sie das Meer erreichten.
Der Fluß steht still in den Dämmen.

Vom Gartenbeet schaufelt ein Kind
den Schnee. »Suchst du die Blumen?«
»Die Blumen sind tot. Ich mache
ein Bett für den Wind!«

Die Mutter mästet das Feuer.
Im eisernen Käfig, zum Haustier
gezähmt, frißt es ihr aus der Hand.

Der Rauch stößt vergebens nach oben.
Der Himmel läßt ihn nicht ein.

Im Garten hat sich der Wind gelegt.
Er zieht den Schnee bis ans Kinn
und verbirgt sein Gesicht
unter rußigen Strähnen.

Die Spatzen fliegen aus seiner Hand
unversehrt zu den Tauben aufs Dach.
Wir decken den Tisch für die Raben.

Zwei Schreinergesellen haben den Brunnen
in Bretter gehüllt und vernagelt.
Offen beugt sich ein Mund darüber,
der seine Sprache verlor.
In den Augen vereisen die Tränen.

Im Niemandsland

Die Buchsbaumfronten sind eingestürzt.
Nur die Eichen hielten den Stürmen stand.
Im Niemandsland schert das Unkraut aus.
Die Brennesseln unterwandern das Buschwerk,
decken die Gräben und Schächte zu.
Blindschleichen lauern in Brunnenbecken
von fettem Blattwerk getarnt.
Eidechsenpatrouillen schwärmen aus,
beklettern strategische Punkte.

Das Moos hat die Wege erobert,
die Tempelruine besetzt.
Turmsegler landen.
Die Elster steigt auf
zu Erkundungsflügen,
von Sperlingsgeschwadern gefolgt.
Am Grabenrand strecken
gepanzerte Schnecken die Fühler aus.

Ameisenheere wechseln den Standort,
bauen ein neues Hauptquartier auf.
Wühlmäuse unterminieren die Hügel.
Unbekümmert setzen die Blumen
ihr farbiges Selbstgespräch fort.

IV Besuch der Schatten

Besuch der Schatten

Wieviel Tote aus wie vielen Jahren
sind in diesen Baum gewachsen?
Wessen Leiber gaben ihm die Kraft
seine Kuppel über sie zu wölben,
dieses Astwerk aufzubauen,
in den Himmel zu verzweigen?

Abends kommen sie ins Zimmer,
legen Blätter auf den Tisch,
halten vor der Lampe an.

Hände greifen nach den Resten,
die vom Abendmahl geblieben,
streifen über weißes Brot,
tauchen in den roten Wein,
färben schwarz, was sie berühren …

Warum hast du unser Licht gelöscht?
Finden nun die Heimgegangnen noch
einen Stern für ihren Weg?
Welche Kammer wird sie bergen,
wenn der Wind sie
von den Ästen stößt?

Mach die Fenster nicht zu,
laß das Laub herein!
Der Winter wird lang sein
und kalt.

Die Drohung

Du hast dem Bettler die Münzen gegeben,
die dir vom Abendeinkauf blieben.
Du hast dein Brot mit den Tauben geteilt,
die Milch mit den Katzen,
das Fleisch mit dem Hund.
Auch die Fliegen hast du nicht abgewiesen
von deinem Tisch.

Doch sie wurden nicht satt,
sie begnügten sich nicht
mit den Resten des Mahls.
Sie kommen zurück,
sie schwirren dir um den Kopf,
sie kreisen dich ein.
Sie tasten dir
über die Taschen, das Hemd.
Sie lassen sich nieder
auf deiner Haut,
sie suchen die Wunde.

Und bringen sie wieder,
die eben beschwichtigte Angst,
die Mahnung des Gläubigers
an die unbezahlbare Schuld.
Die Drohung,
von der du dich freikaufen wolltest,
sickert zurück
durch den Riß in der Wand,
den Sprung in der Decke.

Sie wächst mit dem Gras
in den Fugen der Mauern,
sie frißt sich mit Motten
durch deinen Mantel,

sie bohrt mit dem Holzwurm
im Stuhl und im Schrank.
Sie steht im Fenster
als Kreuz.

Die Tauben beherrschen
dein Dach am Tage,
die Katzen des Nachts.
Vor den Türen
schlafen die Hunde.
Doch niemand wehrt
dir die Fliegen ab.

Die Schwalben sind fortgezogen,
die letzten Bundesgenossen,
die selbstlos waren,
verschwiegen und schön.

Ihr leeres Nest
füllt der Regen.
Bald ist es so schwer,
daß es fallen wird
in den dunklen Hof
mit den Blättern
des Baums vor dem Fenster.

Gelächter

Gesang des Holzes, des Kupfers, der Drähte.
Die Stimme des Regens, die Stimme des Windes.
Das Lachen betrunkener Männer,
das Lachen der Irren,
Gelächter der Mädchen,
Gelächter der Henker,
durch die Jahrzehnte hallt es dir nach.

Vergebens schlägst du die Türen zu,
vergebens schließt du die Fenster.
Gelächter verfolgt dich
die Treppen hinauf in den Speicher,
wo noch die Wäsche des Toten
welkt am erschlaffenden Seil.

In den Schneisen des Lichts
tanzt der Staub vor den Luken.
Spinnen woben die Laken zusammen,
haben das Hemd mit den Balken verknüpft,
pendeln hinab zu den Hosenbeinen,
ziehen die Fäden von Strumpf zu Strumpf.
Sie fangen Gelächter in ihren Netzen.

Vergebens versuchst du sie zu zerreißen:
Die Spinnweben fesseln die schlagenden Hände,
binden dich an den tragenden Balken,
Odysseus am Mast, umbraust von Gelächter,
gefangen von rudernden Spinnen.

Weisse Nacht

Mit dem Mond kann ich nicht
in Einklang kommen.
Ein Blatt der Sonne
verbrennt meine Hand.
Ich riß es vom Ast
und sah ihn bluten
und gelbes Harz
aus den Wunden tropfen.

Ich hatte den Sonnenbogen
zu weit gespannt
und bin ins Dunkle geflogen,
als er zurück
in die Dämmerung schnellte.
Nie
hab ich die Drehung
der Erde so
schwindelnd gefühlt
wie in diesen Sekunden,
Minuten, – Stunden.

In den Graben
der Nacht gespült
seh ich nur noch
dein halbes Gesicht,
mi-fleur, mi-bête,
halb Blume, halb Tier
und nicht mehr von hier,
ins Harzlicht gefaßt.

Mit dem Mond kann ich nicht
in Einklang kommen.
Im Rachen der Raben
färben die Rosen sich schwarz.

Der Wald

Diese Nacht hast du mir
einen Wald geschenkt,
durch den ich dich trug.
Das Gras stand wieder auf
hinter meinen Schritten.
Schwarzdorn kreiste uns ein,
Farne schlugen zusammen.
Wir fanden nicht mehr zurück.

Die Bäume senkten die Äste
tiefer auf uns,
verschränkten die Zweige
dichter,
deckten uns zu mit Laub,

bis der Tag seine Flamme
ins Unterholz warf,
die Dornen, die Äste,
die Stämme verbrannte.

Ich löste die Arme von dir
und griff in die Asche,
gab dir den Wald zurück
und das Gerippe
eines versengten Vogels.

Spinnennetze

Sternschnuppen fallen
ins wunschlose Herz
und kapseln sich ein.
Der Himmel ist hellrot
geädert. Spinnen tasten
mit schwarzen Gliedern
über den Mond
und saugen das Licht
aus der Haut des Gestirns.

Die Windfaust fährt
in den Schattenbalg
und dreht ihn gebläht um die Erde.
Schaum bespringt die Küsten
im Wechsel von Ebbe und Flut.
Die Meeresspiegel steigen.

Die Spinnennetze sinken
rauchgrau in die Schleifen
des Fischreiherflugs.
Ich werfe Astern hinein.
Eulen fangen sie auf
mit stäubenden Flügeln.
Ich werfe Muscheln hinein.
Eulen hacken sie auf
mit schartigen Schnäbeln.
Ich werfe mein Herz hinein.
Eulen schlagen es auf
mit blutigen Krallen.

Durch das zerrissene Netz
fliegt ein funkelnder Fisch.
In der Mondbalg-Reuse
fängt ihn der Wind.

Die Uhr

Ein Schmerz in der Hand hält mich wach,
eine winzige Wunde,
vom Zeiger der Uhr eingeritzt,
der zerbrach mit der Stunde,
in der wir uns wärmten.
Zögernd rinnt Blut vom Jupiterberg
in die Linien des Lebens,
des Herzens, des Glücks.

Zwischen uns liegen Scherben.
Das Glas ist zersprungen,
das Zifferblatt leuchtet am Boden.
Ein Riß teilt die Acht und die Drei.
Viermal schließen sich Ringe zur Null.

Das Räderwerk tickt noch
entblößt an der Wand,
gibt das Innerste preis
und verbirgt mir doch sein Geheimnis,
Impuls und Gesetz, das es treibt.

Der Grund des Gehäuses ist durchbohrt.
Ich entdecke ein Nest an der Mauerspalte,
aus Spänen und Speichel gebaut.
Sind die Zellen leer,
sind die Wespen tot?
Nur die Königin,
die befruchtet ist, überwintert.

Das Pendel schlägt weiter,
schwingt noch und schlägt
die Zeit durch den Raum
in die Nacht, in den Wind.

Schnee kommt auf Zehenspitzen herein,
fingert dir über die fröstelnde Haut,
leckt mir das Blut
aus dem Teller der Hand,
streut uns die weißen Fäden ins Haar.

Eis schließt die Lippen,
die Lider, den Riß.
Zu neuen Metamorphosen
puppt sich
das Tier in uns ein.

Zwischen Dämmerung und Dämmerung

Wir haben die Welt bewohnt,
bevor uns die Welt bewohnte.
Wir sahen zum Fenster hinaus
in die Stadt, in den Himmel.

Wir haben die Nacht ausgeschöpft
mit der Lampe, dem Krug,
mit der hohlen Hand.
Wir kleideten uns in das Licht,
das uns verwob und durchzog
und erblinden ließ
und ertauben.

Wir dehnten uns aus,
dehnten das Licht
und wuchsen, wuchsen hinein,
wuchsen zusammen,
wuchsen darüber hinaus,
bis es den Atem beengte,
platzte, zerriß,
abfiel, veraschte.

Wir schrumpften zurück
in die strömende Nacht,
sahen und hörten
und fühlten schwarz,
sogen es ein in die Lungen,
erloschen einer am andern.

Nur die Hände blieben noch da,
blieben wach,
versuchten das Dunkel zu greifen,
die Kimmung der Woge.

Es ließ sich nicht halten,
es ließ sich nicht teilen,
es floß durch die Finger,
es rann und es rann ...

Das Licht lag als Staub
auf der Schwelle,
schlug sich als Tau
auf die Fensterscheiben,
das Dunkel blieb dort,
wo der eine den andern
vergebens zu fassen
suchte am Morgen.

Weisse Schneisen

Grenzenlose Räume, uferlose Flüsse
auf ein Blatt Papier geschüttet,
eingezäunt und eingedämmt!

Die Sintfluten, glühende Lava,
ein Schneesturm, ein Sandsturm,
ein Herbstblätterfall,
ein Windgelächter und Regentränen,
ein Raubmord, ein Lustmord,
Folterungen, eine Erschießung,
standrechtlich nach einer Autojagd,
ein Griff nach der Bluse,
letztes Umarmen über dem Abgrund.

Nichtsein ins Sein zu zwingen,
Sein im Nichts aufzuheben,
in Sprachgesten, einer Wortwoge,
gerollt gegen metaphorische Küsten,
Klangharmonien, Klangdissonanzen,
viel Schaum dazwischen.
Ein Tonfall wird
zum Fall aus der Zeit.

Die Sprache dehnt sich,
sie bricht und denkt,
ritzt ihre Zeichen
in die leeren weißen Schneisen,
fährt mit uns aus,
fährt mit uns heim
auf den Strömen der Welt.

Inhalt

III Die Arche

IV Besuch der Schatten